Robert Wolfgang Segel
Benno Wagner

so lose

Robert Wolfgang Segel
Benno Wagner

so lose

Fundstücke
in
Prosaminiaturen
und
analogen Fotografien

edition promenade

Inhalt

so lose

Der Junge lächelt, als sein Vater die viel zu großen Erwachsenengummistiefel in den Kofferraum stellt, neben die eigenen passendgroßen, neben die eigenen Angeln, neben die zusätzliche alte Rute.

Das Wichtigste, junger Mann, wenn Einer anbeißt: Ruhig bleiben! Du hast ihn ja bereits am Haken. Kann nichts mehr passieren, die Worte des Vaters im Vorfeld.

Der Vater, der so viel weiß, auch vom Fischen, nicht vom Angeln, dieses Wort benutzt er gar nicht, denkt der Sohn, als er einsteigt und der Vater die Beifahrertür hinter ihm schließt. Sie sind heute mutterlos, auch geschwisterlos unterwegs, er darf vorne sitzen. Er kann alles sehen, die Straßen raus aus dem Vorort, in Richtung Land, da, wo die Teiche und der Fluss sind, in denen der Vater fischen darf.

Wenig später bereits der unbekannte Schritt, der ins fließende Wasser, das die Gummistiefel schlagartig abkühlt. Gerade nur so tief hinein, dass kein Wasser von oben in die Stiefel läuft, sie liegen nicht an den Kinderwaden an.

Wir gehen auf Forellen, die sind gut zum Ausnehmen, sagt der Vater.

Erinnert den Sohn an das Wichtigste, zum vierten Mal bereits, der Junge hat mitgezählt.

Sie stehen da, in einer routinierten Ruhe, *vielleicht sollte ich doch etwas sagen*, denkt der Sohn nach einiger Zeit. Und dann hängt tatsächlich Einer an seinem Haken, die Nylonschnur mit einem Mal so starr und durch die Rutenringe zuckend, kaum mehr sichtbar für den jungen Angelrutenhalter. Der in den Erwachsenengummistiefeln vor und zurück rutscht, einer steckt im Flussbodenschlamm fest.

Der noch unsichtbare Fisch zieht Kreise, immer wilder wirbelt das Tier das Flusswasser auf, es kämpft um alles oder nichts. Auch der Junge kämpft, *jetzt musst du ruhig bleiben*, denkt er, *das ist das Wichtigste*, denkt er, *Papa, schau her*, denkt er. Und der Junge dreht an der Rolle, zieht etwas an und der Fisch wird sichtbar, taucht unter, zieht Kreise, das Flusswasser wirbelt.

Der Vater wird ungeduldig und nimmt ihm die Angelrute ab, die alte, und zieht an, ruckartig zieht er an und flucht, bis der Fischwiderstand mit einem lautlosen Schlag abreißt. Der Vater spult auf und der Sohn sieht den fischlosen, den köderlosen Haken über der Wasseroberfläche baumeln.

Dort hat er nichts verloren, denkt der Junge.

Der Vater verlässt den Fluss, *seine Schritte sind ja fest in den passenden Gummistiefeln*, denkt der Junge. Wortlos werden die Angelruten, der Kescher, die Eimer, die gesamte Ausrüstung eingepackt und bis der Sohn beim Auto ist, sitzt der Vater bereits hinter dem Steuer, lässt den Wagen an, bevor der Sohn sich angeschnallt hat. Erst, als der Fluss und die Teiche hinter ihnen liegen, als das Ortsschild in den Blick kommt, Worte vom Vater.

Er sagt: *War wohl doch nicht das Richtige, junger Mann.*

Und der Junge denkt: *Konnte doch eigentlich nichts mehr passieren.*

so abgesichert

Der eine Satz, der ihr das Mutterherz schlagartig beschwert,
so dahingesagt durch ihn, mit seinen acht Lebensjahren,
da sind sie noch beim Plätzchenausstechen.
Dieser Satz so naiv, so weise,
dass er auch großen Menschen als Aufforderung dienen könnte.
Dieser Satz ein Schlechtesgewissenerschaffer, als sie ablässt von ihrem Stern, ihrer Ausstechform.
Ihr Gefühl eine Ersatzemotion für den Rest der Menschheit.

Mama, warum kommt das Christkind nicht zu den armen Kindern?, fragt er und sticht weiter kleine Wale in den Teig.

Und sie, komplett entwaffnet mit ihrer, mit allgemeiner Tradition, ein Glaube, das Christkind beschenke alle Kinder gleichermaßen. Sie möchte Zeit gewinnen, stellt die Temperatur am Backofen ein, fragt:

Wie kommst du denn darauf, sag mal?

Und ihr Sohn sagt: *Frau Koch mag mit der ganzen Klasse „Weihnachten im Schuhkarton" machen. Da können wir Sachen geben. So Zahnbürsten oder Malstifte. Müssen aber neu sein. Und die kriegen dann Kinder, die kein Geld haben.*

Eine schöne Idee, sagt sie, den Rücken noch zum Tisch.

Weiß nicht, sagt er, *warum kommt da nicht das Christkind und bringt es ihnen einfach?*

Als ob es so einfach wäre, denkt sie, *Aber wie sag' ich dir das?*, und sieht ihr Kind an.

Nehmen wir Vollmilch oder Zartbitter für die Glasur?, fragt sie stattdessen.

Beides!, sagt er.

Am nächsten Tag fahren sie in die Innenstadt, nutzen die kostenlosen Busse an den Adventssamstagen. Sie hat den Flyer dabei, den die Lehrerin allen Kindern mitgegeben hat.

So oft durchgelesen, sie kennt ihn beinahe auswendig.

Und doch geht sie die Liste auf der Rückseite Artikel für Artikel durch. Lässt ihn vorausgehen und die Dinge aussuchen, während all die großen Menschen mit großen Tüten an ihnen vorbeieilen. Die brauchen mehr als einen Laden, mit Tüten voller Dinge für Menschen, die keine Zahnbürste, keine Malstifte benötigen.

Die sich vielleicht gar nicht darüber freuen, was sie bald bekommen.

Und als sie schlussendlich zu ihrem Sohn sagt: *Ich glaube, jetzt haben wir alles*, da fragt er: *Und was brauchen wir noch? Für uns?*

Nichts, mein Schatz, wir haben doch noch die Plätzchen, sagt sie.

Und er überlegt, sieht zur abgehakten Liste, wie sie auf all den Sachen im Einkaufskorb liegt, lächelt, nimmt ihre Hand.

Ein fester Kindergriff, ein wortloser.

Ein Weihnachtssegen, ein echter.

so abwesend

Der Code für die Eingangstüre sei 1903#, hatte die Inhaberin geschrieben.

Und es funktionierte.

Der Zimmerschlüssel stecke im Schloss, hatte die Inhaberin geschrieben.

Und das tat er.

Ihre Mitarbeiterin sei ab acht Uhr in der Küche, aber er könne sich auch so an allem bedienen, hatte die Inhaberin geschrieben.

Und das war falsch.

Zweimal bekam er sie zu Gesicht, die Mitarbeiterin, in einer knappen Woche Aufenthalt. Die Inhaberin blieb ein WhatsApp-Geist. Eine Freiheit für den, der bewusst allein reist. Ein schönes Bed and Breakfast in der Rua de Boavista, direkt in der Altstadt. Alt, renoviert, mit Charme. Der Kühlschrank hatte vieles von dem, was er mochte, die Küche alles von dem, was er benötigte.

Sein erster Besuch in dieser Stadt, auf Empfehlung so vieler Freunde, und er nutzte die wenigen Tage für eine geführte Stadttour, zwei Stunden zu Fuß durch die Alfama, durch das Bairro Alto. Nahm die Tramlinie 12, eine Alternative für die Nichtplanenden, denen die Schlange bei der berühmten 28 zu lange ist. Diese uralten hölzernen Touristenkästen, die achterbahngleich durch die viel zu engen Altstadtstraßen rattern. Sah den ersten Mondfisch seines Lebens, eingefangen in den Kreisen des großen Aquariums im Oceanário, ein außerirdisches Abtasten von beiden Seiten.

Am Abreisetag wieder niemand in der Unterkunft, eine Abwesenheit, eine angewöhnte Fremdheit. Also ließ er den Schlüssel in der Zimmertür stecken, wie er ihn vorgefunden hatte, das Fenster offen, um sein Gewissen zu beruhigen und fünf Euro auf der Badezimmerablage, um Anstand zu zeigen.

In den Straßen dann ließ er sich treiben, googlemapslos, internetlos, ein bewusstes Immerdernasenach über die alten rostigen Schienen im Pflasterstein, die steilen Straßen empor, entlang an den prachtvoll gefliesten Häuserfassaden.

Und als er an eine der roten Metrostationen kam, nahm er die grüne Linie Richtung Cais do Sodré, nicht die rote Richtung Aeroporto. Er stieg am Hafen aus, lief am Wasser entlang zurück zu seiner Unterkunft.

Der Türcode funktionierte.

Seine Zimmertür stand noch offen.

Also nahm er den Schlüssel, seinen Schlüssel, an sich, schloss leise die Tür, legte seinen Rucksack ab und zog wieder ein.

Die Tage vergingen in neuer Routine: Kein Frühstück mehr, direkt morgens los, eine leichte Mahlzeit in einem der zahlreichen Cafés des Viertels, danach ein touristisches Erkunden, länger als notwendig. Abends ein Spaziergang, ein immer stärkeres Ankommen in der Stadt, an den flackernden Lichtern vorbei, zurück zur Unterkunft, dann, wenn er sicher war, niemanden mehr zu treffen.

Eine schweigsame Duldung.

Also blieb er.

Blieb in der Stadt, dort, wo das Meer beginnt.

Nur manchmal, etwa nachts beim Zähneputzen, fragte er sich, wie es wohl zuhause wäre.

so alt

Was man halt nicht hat, ist Brot und ein DM, sagt eine im Bikini und der Rest der jungen Frauen im Pool lacht. Es gibt weitere Zustimmungen, die er nicht mehr genau versteht, er, der Ältere, der etwas abseits sitzt und liest. Unter dem Dach im Essensbereich, falls der warme Regen wieder einsetzt. Bis dahin hört er die kleinen Geckos über sich, wie sie sich kopfüber leise anschnattern.

Sie sprechen Deutsch, die Frauen, wie so viele hier, lenken ihn ab von seinem Roman in englischer Sprache. Immer wieder wird er von den fremdvertrauten Worten weggerissen. Geplansche, Belanglosigkeiten, Lachen, als ob dort Teenagerinnen vor der Luftfeuchtigkeit ins Wasser geflohen wären.

Und er dagegen der Erwachsene, der neben dem Leben sitzt, der sich nicht einbringt, weder will noch kann.

Der längst zu viel hat von den Fragen, wie lange man bereits hier sei.

Von den Antworten, was man denn nach der ganzen Reiserei vorhat.

Von den Ratschlägen, was man sich unbedingt noch ansehen, was man auf jeden Fall noch erleben müsste, solange man hier ist.

Und als von einer der Wasserfrauen ein *Mir hat gestern jemand einen super Tipp gegeben!* kommt, klappt er das Buch zu, leise. Steht auf, läuft am Pool vorbei wie einer, der nicht ertappt werden will, geht über den Fußweg durch die üppige Bepflanzung. Verlässt das Grundstück des Hostels durch das kleine Türchen an der Rückseite, das abschüssig zum Strand führt. *Kein Sonnenbadewetter heute*, denkt er.

Doch unten, auf dem haftenden Sand, ein einzelner Mann. Oberkörperfrei, zugange mit geliehenen, angerosteten Hanteln, die rasierte Brust zu weiteren Frauen, Sonnenfrauen gedreht, die sich dort wettertrotzig abgelegt haben. Die Körperstelle frei, an der er die meisten Muskeln im Spiegel erkennt. Ein Geschlechterschauspiel, eines, das der Nichtmehrlesende nicht genau deuten kann, im Grunde auch eine Fremdsprache, nonverbal. Er bleibt stehen, bevor sie ihn sehen können, möchte sich in kein fremdes Bewusstsein bringen. Er dreht um, geht wieder nach oben, wieder an den lachenden Wasserfrauen vorbei, vorführungslos, wieder an seinen Leseplatz.

Nach den ersten Nächten im gemischten Schlafsaal war er am Morgen zur Rezeption gegangen, hatte sich ein Einzelzimmer gebucht für die letzten Tage. Der finale Schritt aus der losen Gesellschaft der Vorüberreisenden hinaus. Er legt den geschlossenen Roman beiseite und beobachtet einen der Geckos, wie er an einer Säule nach unten läuft. Einer, der sich hier nicht akklimatisieren musste.

Und als der Besitzer zu ihm kommt, ihm den neuen Zimmerschlüssel gibt und er sich auf Englisch bedankt, bemüht akzentfrei, wendet sich eine bisher stumme Deutsche vom Nebentisch an ihn: *You had to change your room?*

Zumindest auf Englisch, denkt er.

Zumindest das.

so bald

Zwei Situationen, in denen sie ihren Herzschlag hört.

Wenn sie bei Doktor Schulz sitzt, er sie *wilde Hilde* nennt, so wie ihr Vater früher, den der Hausarzt schon behandelt hatte, als er neu in die Stadt gekommen war und die Praxis übernommen hatte.

Wenn ihr Telefon klingelt, tagsüber, und nicht aufhören will, wenn sie absichtlich zögert hinzugehen, der alte mechanische Klang eine einzige Vorfreude.

Abends rufen die Kinder an, wenn deren Arbeit und Familien und Verpflichtungen Zeit lassen, die Tochter öfter als beide Söhne zusammen, vor allem, seit Erwin nicht mehr ist. Doch tagsüber, da ruft er an, einmal, selten zweimal die Woche, wenn er wieder unterwegs ist mit seiner Fracht, wenn seine Frau nichts mitbekommen kann.

Hallo, Hildegard, ich bin's, so begrüßt er sie immer, als ob sie nicht wüsste, wer da anruft.

Schön, dass du dich wieder meldest!, so reagiert sie darauf, als ob sie ihm das nicht immer wieder sagen würde, bei jedem der kurzen Telefonate.

Sie bleibt stehen, das Telefonkabel reicht nicht bis zum Sessel. Während er spricht mit seiner unpassend wohlbekannten Stimme, sieht sie ihre Wohnzimmerschrankwand an, Eiche massiv, Erbstück. Zwischen all den Fotos der Familie aus verschiedenen Jahrzehnten auch eine Aufnahme von ihm, wie er in Venedig an einem der Kanäle steht und lächelt. Von ihm unaufgefordert geschickt, dazu ein Brief, beides verwahrt auf Augenhöhe, sie holt sich keinen Stuhl, sie setzt sich nicht hin. *Damit du mal weißt, mit wem du es überhaupt zu tun hast*, seine handschriftlichen Worte, *auch wenn die Haare nicht mehr ganz so dicht sind*, da hatten sie schon einige Wochen Kontakt gehabt nach ihrer Annonce.

Er hat nicht viel Zeit, auch heute nicht, er muss ja schaffen, denkt sie, also beginnt sie bald mit Dingen, die sie umtreiben. Die Kinder, das Fernsehprogramm, der Rücken. Und er auch ein guter Zuhörer, eingeübt in langer, liebevoller Ehe, etwas, dem sich ihr Erwin immer verweigert hatte. Er gibt kaum Ratschläge, nein, er gibt Komplimente, bestärkt, beschwichtigt, je nachdem, sagt Sätze wie: *Das siehst du schon richtig so,* und: *Das finde ich auch ungerecht dir gegenüber, meine Liebe.*

Kurz vor dem Auflegen, viel zu bald, jedes Mal, ein *Bis dann!* von beiden Seiten, das es auch geben wird, dazu durch die Leitung hörbare Küsse. Das Auflegen dann ein Tatsächliches, kein kurzes Drücken, das Klacken des Apparates eine Endgültigkeit, die den Tag im Grunde beendet.

Und sie sitzt doch da, nach allen ihren Telefonaten und überlegt, das nächste Mal ein wenig länger abzuwarten, bevor sie abhebt, aber noch rechtzeitig genug, dass das Telefon noch klingelt, tagsüber.

tion
nung

so beinahe

Deine Finger haben jedes Mal gezittert,

neugierig und erwartungsfroh, wenn du das heiße Frühstücksei zwischen ihnen balanciert hast, um die Stelle zu finden, an der ich, zusammen mit der Tischplatte, seine Schale gebrochen hatte.

Und wenn diese Stelle erst gefunden war, hast du das Ei ganz langsam geschält, quälend langsam, so als ob das weiße, weiche Ding zwischen deinen verlebten Fingern nicht so heiß, oder dir der Geschmack in seinem Inneren egal wäre.

Am Schluss hast du meist mit einer einzigen, überraschend schnellen Handbewegung die Eierschalenbruchstücke vom Tisch gefegt, dazu dein leiser Satz, ein Immernochrätsel für den Enkel: *Scherben sind Scherben, das ist nicht mehr zu ändern.*

Ich habe nie nachgefragt. Eine akzeptierte Wortlosigkeit, still vereinbart. Wenn man jung ist, haben die Alten noch recht.

Nach dem Schälen wurde das Ei von deinen verwirrten Fingern, die mich so oft an Regenwürmer erinnerten, auf eine butterfremdbestrichene Scheibe Toast gelegt und mit viel Mühe aufgeschnitten. Du hast immer nur Toast gegessen, niemals Brot. Die meisten deiner Zähne waren, genau wie Oma, längst verschwunden, bevor meine Erinnerungen an diese Tagesanfänge einsetzen. Erste Erinnerungen, deine dauerverschmutzte Brille unter buschigen Augenbrauen, vor trüben Augen, dein angestrengtes Luftholen, dieses rasselnde Röcheln, unter dem angegrauten Feinrippunterhemd.

Die letzte Erinnerung der Blick in die dann großvaterlosen, vollgestellten, zugefüllten Räume deiner Wohnung, eurer Wohnung. Deine leeren Batterien, deine abgetragenen Hosen, deine unbenutzten Zündhölzer und der restliche Kram schlagartig so nutzlos geworden, so fehl am Platze wie die gesamte Wohnung. Meine Mutter, mein Vater, meine Schwester und ich mit Abfallsäcken, 120 Liter, Schwerlast.

Wirf alles, was nicht so wichtig aussieht, hier rein. Das, was zu schade zum Wegschmeißen ist, kommt auf den Wohnzimmertisch, der mütterliche Auftrag an alle in den folgenden Tagen. Als hätten wir ein Recht darauf, darüber zu entscheiden, welche Dinge bewahrenswert genug waren, um auf dem hellbraungekachelten Wohnzimmertisch noch Platz zu finden und welche Dinge du teilweise jahrzehntelang genutzt hattest, die nun mülltrennungsunachtsam entsorgt werden sollten. Welche Dinge gehörten zu welcher Kategorie? Eine unmotivierte Trostlosigkeit.

Vieles wurde in den nichtgezählten Stunden in dieser kleinen Mietswohnung von meinen Händen weggefegt wie Eierschalenscherben vom Frühstückstisch.

Vergangenheit hat keine Eile.

Gegenwart schon.

Den braunen Umschlag hätte ich wohl beinahe weggeworfen, unkonzentriert und müde von vielen Entscheidungen aus der Schublade in der Wohnzimmerkommode gezogen und doch neugierig geworden. Innen wenige, auf alter Schreibmaschine verfasste Blätter, von deinen Fingern, die damals wohl noch keine Regenwürmer waren. Ein Selbstmanuskript, die Geschichte deines Lebens, 1928 bis 1946, als Scherben bereits Scherben waren.

Du schreibst von deiner glücklichen Kindheit in der Natur, deinen liebevoll strengen Eltern.

Von Mädchen, als man in diesen Tagen noch völlig unvorbereitet in so etwas wie Liebe gestolpert ist.

Du schreibst davon, wie alles von einem Tag auf den nächsten auseinanderbrach, als der große Krieg zurückkam. Und du Sudetendeutscher für ein fremdländisches Ziel eingezogen wurdest. Ein Nichtkämpfen dem späten Jahr sei Dank, das für dich im Gefangenenlager der Amerikaner endete. Ein hungriges Ausharren und Nichtweiterwissen, bis du aus deinem Heimatland geworfen wurdest, nach Deutschland gingst, ein neues Leben in der Fremde, auf gut Glück.

Scherben sind Scherben.

Und doch findet sich auf den Schreibmaschinenseiten kein Vorwurf, kein Hadern.

Du hast die Scherben zusammengekehrt, jedes Mal aufs Neue.

Du hast sie zusammengeklebt, niedergeschrieben und unfreiwillig weitergegeben.

Alles ist noch vorhanden.

Nur die Zeit ist weg.

so dran

Wie er dasitzt mit seinem angeknitterten Pappbecher.

Die Beine angestellt, den Kopf auf den Knien abgelegt. Nicht im Schneidersitz wie die anderen jungen Männer, nicht auf den Knien wie die alten Mütter mit Kopftuch.

Auch ein Schild hat er nicht geschrieben. Keine Bitte für die armen Kinder oder die kranken Eltern.

Ich sehe ihn schon von Weitem, durch die Einkaufenden und die Hetzenden hindurch, ein Menschenwald in Aufruhr.

Er die Lichtung, die noch standhält.

Wie sie an ihm vorbeilaufen, als ob er sie nichts angeht. Wie sie so tun, als ob sie nur Augen füreinander und ihre Einkaufstüten hätten.

Wie er dasitzt, so als ob er jeden hier etwas angehen würde. Wie er die Augen geschlossen hält, wohl unentschlossen, ob der Blinde oder der Desillusionierte zu spielen wäre, welcher mehr Zählbares einbrächte.

Ob er allein ist? Ein plötzlicher Gedanke. Also allein arbeitet.

Keine passende Bezeichnung, sicherlich, oder ob er in einer dieser Strukturen gefangen ist, über die die Lokalteile schreiben, im Herbst, wenn das Mitleid steigen sollte.

Wie sich manche erbarmen und lose Münzen in seinen Becher werfen. Die meisten treffen, wohl genauso in den Pappbecher wie in sein Innerstes. Er lässt es sich nicht anmerken, regt sich kaum. Nur ab und zu hebt er den ungewaschenen Kopf und ruft etwas, meist bevor die Leute etwas geben, wenn sie noch bemüht sind, ihn zu übersehen.

Ich komme ihm näher, eine Zwangsläufigkeit in dieser Fußgängerzone.

Seine dunkle Jacke, an manchen Stellen die Naht aufgerissen, seine zu große Hose, fleckig, seine unrasierten Wangen, ja selbst sein einziger Besitz, sorgsam angeknüllt und vor ihm abgestellt, eine wohldosierte Maskerade für die Mitleidigen unter uns, ein Schauspiel, um die zu bewegen, die das Gefühl haben, sie hätten mehr, als ihnen zusteht.

Oder auch nur die ungeschönte Seite unserer Medaille.

Vielleicht hatte er auch einmal mehr, vielleicht stand es ihm zu, ein Gedanke, als ich so nahe bin, dass ich verstehen kann, was er ruft.

Entschuldigung!

Entschuldigung für was?

Für seine Dreistigkeit?

Andere um einen Teil ihres Hab und Guts zu bitten? Dazu zu bringen, ihre Einkaufstüten abzustellen und nach Kleingeld zu suchen, selbst ein Fünfer scheint schon zu viel?

Oder für den Schicksalsschlag, der ihn hierher zwang, der ihn in einen verwandelte, der er nie werden wollte, einer, der nicht mehr in den Spiegel schauen mag, der vieles nicht mehr kann?

Nun bin ich dran.

Er sieht mich, ruft sein *Entschuldigung!* und sieht mich für einen Augenblick an.

Müde, schmutzige Augen.

Ich sehe weg, sehe ihn nicht, ich sehe ihn nicht.

Bemerke den Bettler erst, als ich schon zu weit vorbei bin, um nach einer Kleinigkeit zu suchen.

Das nächste Mal, das nächste Mal bestimmt.

Meine Hand greift in die Manteltasche. Der Geldbeutel ist noch da.

so eingefahren

Jeder Morgen beginnt gleich.

Jeder Abend endet gleich.

Jeder Tag ein Werktag.

Bis sie abbauen, ihre Wohnwägen und Anhänger abbrechen, in den nächsten Ort fahren, dort erneut alles aufbauen, was sie zu bieten haben, mehr Jäger als Sammler, sesshaft nur auf Zeit.

Als sie zusammen sitzen am Frühstückstisch im Wohnwagen, den alle teilen, drei Generationen, da denkt Sabine, *wie schön es doch ist, dieses Leben, immer im Kreise der Familie*, nur der Jüngste fehlt, aber Schwiegereltern, Klaus, auch Kathrin, weil bereits volljährig, die sind da.

Um zehn Uhr beginnt der Trubel wie jeden Tag, heute werden die Rentner auch die Enkel mitbringen in der Frühe, es ist Samstag. Und die Kinder werden mit großen Augen den kleinen Sportautos, den starren Pferden, den bunten Helikoptern hinterher sehen, wie sie immerfort und blinkend auf dem Karussell ihre Runden drehen. Werden mit kraftvollen Händen an den Omas und Opas zerren, die erst abwinken, zu teuer sei die Kärwa bisher schon, und sich dann manchmal doch erweichen lassen. Zwei Euro fünfzig kostet der Fahrtchip, das Karussell kein Schnickschnack, auch einige der Autos aus Serien, die kein Kind mehr kennt, Knight Rider, das A-Team. Nur die Ghostbusters sind neu auferstanden. Aber das spielt keine Rolle. Auch die Szenen der Märchen auf den Bildtafeln rundherum am Dach des Fahrgeschäfts, Geschichten, die diese Kinder nicht mehr vorgelesen bekommen, spielen keine Rolle.

Am wichtigsten sind die Lichter, in allen Farben blinkend, denkt Sabine.

Am wichtigsten sind die Hupen, jede quietscht ein wenig anders, denkt Klaus.

Und so sitzen sie ab zehn Uhr vormittags, nachdem Klaus die Problemschrauben nachgezogen und kaputte Lämpchen ausgetauscht hat, nachdem Sabine die Sitze und Wägen gewischt und das vorsortierte Wechselgeld in die Kasse gebracht hat. Sitzen dort, lassen Musik laufen, zu der sie sich im Tanzkurs kennengelernt haben, lassen all die fremden Kinder im Karussell in deren Fantasie hineinfahren und doch dreht sich hier alles im Kreis.

In manchen Momenten, wenn Sabine von der Tochter abgelöst wird, wenn sie für die Familie zu Mittag kochen kann, oder wenn sie die Hemden der Angestellten bügeln muss, oder wenn sie nach Feierabend die Planen über die Fahrzeuge stülpt, da denkt sie auch an Stefan, der zuhause bei ihren Eltern ist, der nicht alle paar Wochen neue Schulkameraden haben soll, von März bis September, in zwanzig Städten in ganz Süddeutschland.

Nur kurz diese Gedanken, jedes Mal, Sabine hat kaum Platz dafür.

Am nächsten Morgen ja wieder der weitaus Tröstlichere: *Wie schön es doch ist, dieses Leben, immer im Kreise der Familie.*

BALLS
eibl
Bruno

so eingesperrt

Was sollte, was könnte sie schon sagen?

Sie weiß nicht einmal, seit wann dieses T-Shirt an ihrer Wäschespinne hängt.

Nur, wann sie ihre Wäsche raus in die Sommersonne gehangen hat.

Vorher.

Vor guten zwei Stunden.

Also bleibt ihr Handy auf dem Wohnzimmertisch, der Bildschirm dunkel.

Wen sollte sie schon anrufen, wer könnte ihr sagen, was das soll? Was man machen muss?

Ein weißes T-Shirt mit schwarzem Print inmitten ihrer sonst bunten Wäsche, Tops, Hosen, Sweater. Ein T-Shirt einer furchtbaren Rockband, die er so gerne gehört hatte, Männergröße.

Sie verschränkt die Arme vor der Brust, streicht mit den Händen an den nackten Oberarmen entlang, über Gänsehaut bis zum Stoff ihrer Ärmel. Hält sie mit weißen Fingergelenken fest. Beobachtet, wie der Wind in die noch nassschwere Kleidung fährt und sie etwas ins Schwingen bringt.

Sieht nach links, nach rechts, soweit es ihr Fenster zulässt. Fasst an den Fenstergriff, er ist eingerastet. Geht in die Küche, ohne sich umzudrehen, schließt beide geschlossenen Fenster. Nimmt ihre Unterlippe zwischen die Zähne, als sie kurz am Fensterbrett stehenbleibt, auf dem eines ihrer gemeinsamen Fotos stand. Durchquert den kurzen fensterlosen Gang, vorbei am fensterlosen Badezimmer. Schließt das gekippte Fenster im Schlafzimmer. Sieht hinaus, ein anderer Winkel, ein gleicher Ausblick, die Leere hinter der vollgehängten Wäschespinne. Bleibt etwas länger stehen, nimmt den Fenstergriff in beide Hände, zur Sicherheit. Steht schließlich an der Wohnungstür. Dreht am verschlossenen Sicherheitsschloss, das ihr Papa damals hingeschraubt hat. *Muss ja keiner wissen erstmal. Und selbst wenn, hier kommt keiner rein*, seine Worte. Zögert lange, bevor sie durch den Spion blickt. Sieht das menschenentleerte Treppenhaus, die Ränder rundverbogen. Eine Goldfischperspektive, eine luftlose. Legt die Stirn gegen das Türholz ab, die Handflächen links und rechts davon. Hört, spürt in das stumme Mietshaus hinein.

Bemerkt, dass sie ihr Handy nicht mitgenommen hat. Eilt zurück. Geht im Kopf Namen durch, Namen, die tagsüber rangehen würden. Sieht aus dem Wohnzimmerfenster. Eine Bewegung. Lässt das Handy liegen.

Beobachtet, wie eine der Nachbarinnen, die sie nur vom Sehen kennt, das T-Shirt abnimmt, sie entdeckt und entschuldigend die Hand hebt.

Beobachtet und spürt ihren Herzschlag,
den entsperrten, der kein Sicherheitsschloss besitzt.

so farblos

Seltsam, wie sehr alle Kinder Dinosaurier mögen.

Sie spricht leise aus dem geschlossenen Fenster auf die offene Terrasse. Leer und unbemalt.

Sie sieht stumm auf ihre Handrücken auf der Küchenarbeitsplatte. Große Altersflecke, gewachsen wie ihre Töchter, wie ihr Sohn.

Sie kann sich nicht erinnern, wo der Eimer mit den Farbkreiden abgeblieben ist. Seit vielen Jahren schon verschüttet im Keller, man bräuchte wohl ein Ausgrabungsteam, eines mit Gespür.

Als sie aus der gläsernen Terrassentür ins Freie tritt, kann sie eine Amsel singen hören. Hier vorne am Eck, wo es einige Zentimeter hinuntergeht zum Schein-Sonnenhut, der langsam wieder blüht, hatte sie Dinosaurier gezeichnet. Dinosaurier mit zu kurzen Hälsen, Dinosaurier mit zu kleinen Zähnen, Dinosaurier mit zu dicken Bäuchen und immer wieder auch Dinosaurier mit den falschen Farben.

Was wusste sie schon von diesen Viechern?

Weit weniger als ihre Töchter, als ihr Sohn.

Ungezählte kindliche Zurechtweisungen für ungezählte Dinosaurierkarikaturen in ungezählten Momenten dreier Kindheiten.

Und nun sie selbst eine Karikatur, zu kurz, zu klein, zu dick, farblos gar.

Die Karikatur einer Mutter ohne dauerhafte Kinder, eher mit Kindern, die nur noch stundenweise zuhause waren, die aus ihren eigenen Leben wie aus weit entfernten Erdepochen zu Besuch kamen.

Kinderkarikaturen, die den mütterlichen Sonntagsbraten aßen wie früher, sich dabei aber Blicke zuwarfen, als ob sie kein Supermarktangebotsschweinefleisch mehr mochten. Kinderkarikaturen, die nach dem Essen selbst in die Küche gingen, um zu verhindern, dass ihre Mutter wieder Kuhmilch in den Kaffee tat.

Die Küche, durch die sie damals stundenlang gerannt waren, sich gegenseitig gejagt hatten mit lautem Geschrei, mit Dinokinderrufen. Sie hatte mitgemacht, als die Knie noch mitgemacht hatten, war in

Kinderaugen zu einem Brachiosaurus geworden, zu einem Tyrannosaurus Rex, zu einem Stegosaurus.

Alle Kinder mögen Dinosaurier, denkt sie, als sie wieder nach innen geht. *Selbst die eigenen, die noch nicht ausgestorbenen.*

Ganz leise schließt sie die Tür, lässt die Erinnerungen, die Vogelstimmen zurück.

Ihr Blick auf der Kante der Terrasse, auf die ersten Blüten der Schein-Sonnenhüte dahinter.

Leer und unbemalt, farblos gar.

so geschafft

Halt die Fresse, bin Gymnasium!, ruft sie Ilkay zu und schlägt nach ihm.

Er bekommt etwas ab, er ist zu langsam, lacht trotzdem und läuft Richtung Bushaltestelle. Auch die anderen Kinder, die sich vor der Gesamtschule versammelt hatten, wurden nicht enttäuscht. Eine Entladung angestauter Spannung, wie es sie den ganzen Vormittag nicht gegeben hatte. Ilkay hatte Nazan gefragt, was sie denn in Mathe hätte und Nazan hatte geliefert, eine sichere Schulhofwette, auch wenn sie nur den Hof und nicht die Schule teilen.

Nazan sieht den Kindern hinterher, die sie nach und nach im offenen Tor zurücklassen und zieht sich die Mütze tiefer ins Gesicht. Ihre Wangen sind warm vor Wut, sie wischt sich die Nase am Jackenärmel ab.

Ilkay hatte es wieder geschafft.

Ilkay würde es wieder seiner Mutter erzählen, und die würde es wieder ihrer Mutter erzählen, und die würde es wieder ihrem Stiefvater erzählen.

Der große Häuserblock in solchen Momenten doch zu klein, eine wiederholte Schrumpfung auf Zeit. Nazan kann sich vorstellen, was der Stiefvater sagen wird, was er tun wird. Sie habe Fantasie, hatte Frau Ketikides mal unter eine ihrer Erlebniserzählungen geschrieben, damals, in der 4. Klasse, damals, als Ilkay noch neben ihr saß, als er noch nett war.

Was weiß die denn schon?, hatte der Stiefvater gesagt, *Saçma!,* und sich die Erzählung nicht durchgelesen.

Die griechische Frau will dir sagen, wie man Deutsch macht?

Seine Zwischenzeilenschwingung, die Nazan spüren konnte.

Ihre Mutter hatte sie auf die Wange geküsst und sie gelobt, *canim.* Nazan hatte ihr billiges Parfüm gerochen, das, das alle Frauen ihrer Familie tragen, sich weggedreht und ihr Heft mit ins Zimmer genommen.

Ein Ansporn, wie aus dem Nichts, es besser machen zu wollen als ihre Mutter, es besser haben zu wollen als ihre Mutter, einen besseren Mann zu haben als ihre Mutter. Und danach die Tränen bei jeder 3, bei jeder 4. Vorher bedeutungslos, jetzt allesentscheidend. Ihre Mutter mit ihrem unverständigen Trost, für die die Mittelschule das Ziel ist für Mädchen wie sie. Ihr Stiefvater mit seiner arbeitsintensiven Abwesenheit, für den die Häuslichkeit das Ziel ist für Mädchen wie sie. Ihr Halbbruder Arda, noch zu jung für türkische, für deutsche Wörter, aber doch jung genug, dass Nazan sich kümmern muss, ihre Familienrolle.

Nazan, die es aufs Gymnasium geschafft hatte, ihre Eigenrolle, nach quälenden Tagen im Probeunterricht, in denen sie wenig verstanden und viel heruntergeschluckt hatte. Und seitdem der Trotz bei jeder 4, bei jeder 5, dazu die Kommentare von Ilkay. Eine Selbstenttäuschung, eine wohlbekannte.

Sie, Nazan, die ihre Nachmittage im Zimmer verbringt und sich all die deutschen Wörter durchliest, in den bunten Schulbüchern, in denen kaum Menschen wie sie vorkommen, kaum Menschen wie sie vorgesehen sind.

Sie, Nazan, die Arda dabei oft auf dem Schoss hat, der mit ihrer Stille kaum umgehen kann, der schlecht einschläft.

Sie, Nazan, die abends erst herauskommt, wenn Arda wieder wach ist, wenn ihre Mutter fertiggekocht hat, die Mutter, die einmal denken soll, ihre Tochter hätte es tatsächlich geschafft.

Nazan, canim.

so glücklich

Müsste man was draus machen, eigentlich.

Ihr Gedanke, als sie an dem leerstehenden Laden vorbeiläuft, zum ersten Mal.

Auf dem Weg zu einer ehemaligen Kollegin, jetzt in Elternzeit. Ein Yogaratgeber für Neumütter in der Handtasche, Vorfreude auf den Anblick des Babys in ihrer Magengegend, erste Pläne für den Leerstand im Kopf, als sie beim Ziel ihres Handyroutenplaners klingelt.

Sie sprechen über das, was besprochen gehört, deren Neugeborenes, das Verbindende, das Zukünftige, und lassen aus, was besprochen werden sollte.

Beim zweiten Besuch hatte sie Halt gemacht auf dem Hinweg, hatte lange Blicke durch die großzügigen Schaufenster geworfen, mit beiden flachen Händen die Sonne abgeschirmt. Alte Möbel und Staubmäuse, die Fassade rissig. Hatte den Zettel entdeckt, ZU VERMIETEN, von innen an die Scheibe geklebt, ausgeblichen, die Telefonnummer kaum mehr lesbar. Hatte sich ein Foto gemacht vom Namen, der Nummer. Erst da fragt sie die Ortsansässige.

Sagt mir garnix, sorry, deren Antwort, das Baby schläft im Arm. *Steht bestimmt schon ewig leer.*

Müsste man was draus machen, eigentlich, sagt sie.

Und an was denkst du? Hier, mitten im Wohngebiet?, fragt die ehemalige Kollegin.

Beim dritten Besuch treffen sie sich an der Straßenecke, direkt vor Ort, fußläufig zwischen der Wohnung und der U-Bahn.

Echt 'ne Bruchbude, sagt die ehemalige Kollegin.

Und sie sagt: *Könnte man schon.*

Was denn?

Ich hab' Floristin gelernt, ursprünglich, sagt sie.

Die ehemalige Kollegin lacht.

Und als beide durch das Schaufenster nach innen gucken, mit den Händen die Umwelt fernhalten, beginnt das Baby zu weinen. Sie gehen weiter, sprechen über das Neugeborene, das Verbindende.

Beim vierten Besuch fragt die Ortsansässige: *Ist das nicht bestimmt voll teuer?*

Stattdessen fragt sie zurück: *Kommst du denn wieder nächstes Jahr? Stundenweise?*

Die ehemalige Kollegin sieht ins Wohnzimmer hinein und sagt: *Gibt doch schon genug Blumen, die keiner kauft.*

Auf dem Heimweg fällt ihr ein Sprung in einer der kleineren Seitenscheiben auf.

Erst in der U-Bahn denkt sie: *Müsste man was draus machen, eigentlich. Aber hier, mitten im Wohngebiet?*

Nimmt ihr Handy, sucht das Foto.

Das vom ausgeblichenen Zettel.

so grün

Darüber, so beginnt sie, *brauche ich mir ja grad gar keine Gedanken machen.*

Beide beobachten das Koala-Weibchen und sein Junges.

Zwei ruhende Fellbüschel zwischen dichten Zweigen, zwei ruhende Menschenleben auf der Terrasse, nur wenige Meter unterhalb der Tiere. Der Rest der Gruppe ist losgefahren, runter zum Strand. Nur das Nichtpaar ist am Ferienhaus geblieben, im Eukalyptuswald am Rande des Great Otway National Park.

Er stimmt ihr zu und sieht doch weiter nach oben, in die Bäume.

Ein so sattes Grün, trotz der Trockenheit, denkt er, während sich das junge Beuteltier von der Mutter löst, diese zwischen den Zweigen weiterschläft und langsam einen seitlich gewachsenen Ast emporklettert.

Er steht auf und sagt*: Ich mach' mir noch 'nen Tee. Magst du auch einen? Ich mach' noch Tee für uns.*

Sie nickt, gibt ihm ihre leere Tasse und er geht für wenige Minuten nach innen.

Ein paar Meter über ihrem Kopf verliert das Koala-Junge das Gleichgewicht und taumelt über den Ast. Das Muttertier öffnet die Augen, greift hinüber und zieht das Kleine wieder zu sich, in die Geborgenheit.

Er kommt zurück auf die Terrasse, setzt sich neben sie, reicht ihr die Tasse. Sie nimmt einen vorsichtigen Schluck, die Mittagssonne fast so heiß wie der Tee.

Honig?, fragt sie.

Geheimtipp, sagt er.

Beide sehen wieder nach oben. Die Mutter schläft, das Kleine ist wach und entschlossen, wird aber zurückgehalten durch die mütterliche Pfote.

Er ist zu alt für das Thema, zu alt für sie, er lächelt sie an, er hört zu, seine Rolle. Wie sie von verpassten Chancen, Erfahrungen, Wün-

schen spricht. In manchen treffen sich beide wieder, eine Verbindung, die die Urlaubsreise überstehen wird.

Du brauchst halt einen, der dich auch aushält, sagt er.

Sie rutscht näher an ihn heran, die Arme, die Teetassen berühren sich fast.

Ein Koala-Männchen erscheint und klettert den Stamm empor. Als er das Weibchen über ihm erblickt, gibt er Laut. Ein so heißerer Eselsschrei, dass beide lachen müssen und das Tier erschrecken.

Der war nicht zufrieden mit sich. Kein Selbstvertrauen, und dann eifersüchtig, aufbrausend, sagt sie.

Sie trinken den Tee auf Enden und Neuanfänge.

Der hätte dir nie Honig in den Tee gemacht, sagt er.

Der Koala schimpft noch einmal, muss sich ähnliche Laute vom Weibchen gefallen lassen und nutzt einen überhängenden Ast, um auf einen anderen Baum zu wechseln.

Er nimmt einen Schluck, sieht sie an, sieht den Waldrand an, verzichtet auf weitere Worte.

Ein so sattes Grün, trotz der Trockenheit, denkt er.

so kalt

Von denen gibt es keine,

sagt sie auf meine Frage hin, ob sie sich als ehemaliger Häftling sehe.

Niemand von uns ist ehemalig,

sagt sie und nickt dazu. Ein Abschluss ihrer Aussage, ein Einstieg in mein Interview.

Wir bewegen uns durch die Gedenkstätte, seit 75 Jahren die Tore unverschlossen, alle, auf den Tag genau.

Uns bleiben knapp 20 Minuten, bevor die Gedenkfeier beginnt, bevor sie in der ersten Reihe sitzt, bevor ich wieder zum Unbeteiligten werde.

Ich laufe, sie wird von ihrer Tochter geschoben. Die Beine machen nicht mehr mit. Der Kopf schon.

Heute ist es wieder kalt, sagt sie in den frühlingshaften Tag hinein. Neben dem Besucherweg blühen erste Krokusse, violett und weiß, die ersten Winterlinge, sonnengelb.

Hier ist es so bunt, man müsste weinen, sagt sie und sieht sich um.

Grober Kies auf den Besucherwegen und ich frage: *Über die schönen Blüten oder die Geschichte dieses Ortes?*

Hier ist nichts schön, junger Mann, sagt sie und zieht ihren Schal fester.

Vielleicht gab es auch hier Schönes, damals, unter den Häftlingen, sage ich und sehe zu ihrer Tochter, eine Suche nach Ermunterung.

Eine Ruine voller Scham jetzt, sagt sie und legt die Hände in den Schoss.

Sie waren fast vier Jahre in Auschwitz, sage ich und spüre die klamme Kühle, wie sie an den Hosenbeinen empor kriecht.

Ich wurde schon oft eingeladen. Jahrestage, Jubiläen, Ehrungen, dieser ganze Kram. Jedes Mal friere ich dort, jedes Mal, egal ob Sommer oder Winter, sagt sie und muss husten. Ihre Tochter gibt ihr zu trinken.

Meine Mutter. Starb nicht einmal eine Woche bevor die Russen kamen. Sie hat kaum mehr etwas gegessen, damit ich mehr habe. Gedacht, ich sehe es nicht, sagt sie und sieht ihre Tochter an. Ein Lächeln gelingt ihr nicht.

Was für ein Gefühl war die Befreiung? Wie muss man sich die rote Armee vorstellen?, frage ich und bleibe stehen.

Ich konnte mich nicht freuen, wissen Sie. Ich hatte keine Kraft, ich lag in der Baracke, neben meinen Geschwistern. Ich fror. Dann kamen die Russen. Ein Sanitäter war Jude. Er sagte, ich habe eine Lungenentzündung. Pocken hatten wir fast alle, sagt sie und bedeutet ihrer Tochter, dass wir weitergehen sollen.

Nach wenigen Metern deutet sie zur Seite.

Hier war das, sagt sie leise und die Tochter stoppt ab.

Ruth, das war ihr Name. Wir haben hier gespielt, an ruhigen Tagen, sagt sie und betrachtet eine der letzten standhaften Häuserecken.

Ich bleibe stumm.

Sie hatte auch eine Nummer. Ich dachte damals, alle Kinder haben blaue Nummern. Ich dachte, das wäre normal, sagt sie und zeigt mir ihren dürren linken Unterarm. Ein blasses, sechsstelliges Mal auf faltiger Haut.

Aber die deutschen Kinder hatten keine, sagt sie und blickt mich zum ersten Mal direkt an.

Ich ziehe meinen linken Mantelärmel in die Länge.

Und als wir auf dem Weg zur kleinen Rednerbühne am Eingangstor mit den unsäglichen Buchstaben vorbeikommen, mein Gedanke:

Nicht mehr lange, und nicht nur die Beine machen nicht mehr mit.

Nein, auch das Herz nicht mehr.

so klein

Der Tag, an dem er auszog, diesmal tatsächlich, war sonnig und mild.

Ein Leichtes also, zu gehen, selbst für ihn.

Seit einigen Tagen hatte er brauchbare Sachen in einen Beutel gepackt, der war leiser als eine Plastiktüte. Hatte ihn unter der aufklappbaren Eckbank in der Einbauküche verstaut, während sie schlief, mit der fast leeren Flasche neben dem Sofa. Seit einigen Tagen hatte er verschiedenste Ideen an seinen Plan angeheftet, manche wieder verworfen und ihn in seinem wiederverschließbaren Schädel verstaut, wenn sie schrie, mit dem Messerblock in Griffweite auf der abgewetzten Arbeitsplatte.

Vorgestern, als sie wieder einkaufen gegangen war und er mindestens siebenundzwanzig, maximal dreiundvierzig Minuten für sich allein war, ein Urlaub im Zeitdruck, hatte er doch die 110 gewählt, in der Hoffnung, die tauche nicht in der Auflistung der Festnetzverbindungen auf, die monatlich im Briefkasten lag. Der Polizist, mit dem er gesprochen hatte, klang freundlich, aber irritiert. Er müsse auf die Wache kommen, persönlich, um die Anzeige zu unterschreiben. Als er ihren Schlüssel in der Tür hörte, hatte er aufgelegt, mitten in die polizeilichen Erklärungen hinein, und sich wieder aufs Sofa gesetzt. Und als sie grußlos die Einkäufe in der Küche verräumte, ging sein Blick von der Wohnungstür zur Balkontür und zurück. Hin und her, bis sie sich neben ihn setzte und den Fernseher anschaltete, ihr Dauerprogramm bereits eingestellt.

An dem Tag, an dem er auszog, diesmal tatsächlich, wartete er, bis sie schlief, bis er den Fernseher lauter stellen konnte. Ging in die Küche, geräuscharm, holte seinen Beutel hervor. Ging zur Wohnungstür, ohne ihren Griff zu berühren. Ging zur Balkontür und sah hinaus. Eine Mikrofreiheit, das ja, dafür Luft, dafür Sonne. Also ging er hinaus, auf die kleine Fläche, zog die Glastür hinter sich zu, vorsichtig, geräuscharm.

Über den Tag, an dem er auszog, diesmal tatsächlich, gibt es keine brauchbaren Aussagen, nur unangemessene Lokalzeitungsartikel.

Die einzige Zeugin kaum vernehmungsfähig.

Wer macht denn sowas?, fragte einer der Polizisten seinen Kollegen, im Grunde aber mehr sich selbst, als er mit Einweghandschuhen die Plane beiseiteschob, die an der Balkonbrüstung festgezurrt worden war. Darunter kamen einzelne Konservendosen zum Vorschein, passierte Tomaten, Champignons geschnitten, Ananasstücke gezukkert, eine Decke, ein Messer. Sein Kollege zuckte mit den Achseln und deutete auf die offenstehende Balkontür. Der äußere Griff war abgerissen worden und baumelte an einem dünnen Seil von der Stelle, an der die Plane angebunden war, lose nach unten. Ein Versuch, die Kontrolle zu behalten, von außen, wenn bereits von innen gezogen wurde?

In der Wohnung viele leere Flaschen, ein unvollständiger Messerblock, ein lauter Fernseher, den ein Genervter unerlaubt auf stumm gestellt hatte. Keine Hauptmieterin mehr, bereits auf dem Weg ins Revier.

Der Polizist klemmte die Hände in die Hüften und sah hinüber zu den anderen Hochhäusern. Einer der Bewohner hatte sie alarmiert.

Ein anonymer Telefonruf.

Die Sonne schien.

Eine Ehemalslebensgefährtin und ein Opfer, das gefallen war,
gestoßen oder freiwillig,
zumindest aber in eine Nichtrekonstruierbarkeit hinein.

so krumm

Die erste krumme Linie fiel niemandem auf.

Auch die zweite nicht.

Als die Torauslinie, entlang der einzigen Sitzbänke schwer einsehbar, zum dritten Mal den Torpfosten verfehlte, ganz leicht nur, fiel ein Witz, eine Altherrenbemerkung, zwischen die Familienväter und kleineren Geschwister der jungen Spieler auf den Boden und wurde zwischen Bratwurstbrötchenbissen und Bierschlucken festgetreten.

Hans hatte sie gehört, natürlich, sie galt ja ihm, der diese Markierung nachgezogen hatte am Vortag, wie die restlichen sechzehn Linien auch. Er erledigte weiter seine Aufgabe beim Ausschank, nippte selbst an einem Weizenglas, in Momenten, in denen niemand etwas bestellte und ließ die Bemerkung ebenso liegen wie alle anderen.

Nach den Jugendturnieren, als die Zuschauer am frühen Abend gegangen waren, trug er die übrig gebliebenen Bier- und Limokästen in den Kühlraum des Vereinsheims, das Leergut auf den Sammelplatz dahinter, zählte die Kasse und kehrte den Müll unter den Sitzbänken zusammen, bevor er sein Feierabendbier öffnete und den Samstag Samstag sein ließ. Er schloss das Eingangstor zur Zufahrt ab und eine knappe Woche später wieder auf. Ein ungewöhnlich kalter Donnerstagvormittag, seine Hände blieben kalt trotz Handschuhen, trotz Grog vor dem Aufbruch. Er holte den Markierungswagen aus dem Schuppen und machte sich ans Werk, erst die Außen-, die Torlinien und die Mittellinie nachfahren, später die kürzeren in den Strafräumen, dann die runden. Mittendrin machte er Pause, holte sich eine Flasche aus dem Kühlraum, setzte sich auf eine der Bänke, nahm einen großen Schluck vom Hellen und überblickte sein Tun. Aus der Entfernung waren manche der Linien etwas krumm, das war ihm auf dem Rasen gar nicht aufgefallen. Er trank das Bier in schnellen Schlucken aus und ging wieder an die Arbeit, nicht ohne seinen Fauxpas auszumerzen.

Samstagmittag spielte die Erste, Hans war erneut am Ausschank, als er jemand Fremdes lachen und auf den Platz deuten sah: *Der Zeugwart von euch hat doch ein' im Tee!*

Hans ließ die Gäste, die Kasse und sein Weizenglas stehen, winkte den zweiten Vorstand zu sich und meldete sich von seinen Diensten für das restliche Wochenende ab. Sein Gegenüber klopfte ihm auf die Schulter und sagte: *Erhol dich ruhig 'n bisschen, Hans.*

An diesem Abend trug jemand anderes die übrig gebliebenen Bier- und Limokästen in den Kühlraum des Vereinsheims, das Leergut auf den Sammelplatz dahinter, zählte die Kasse und kehrte den Müll unter den Sitzbänken zusammen, bevor er den Samstag beschloss. Eine knappe Woche später schloss jemand anderes das Eingangstor zur Zufahrt wieder auf, holte den Markierungswagen aus dem Schuppen und machte sich ans Werk, erst die Außenlinien, die Torlinien und die

Mittellinie nachfahren, später die kürzeren in den Strafräumen, dann die runden.

Am Wochenende fiel keinem Zuschauer auf, dass jemand anderes am Ausschank stand,

dass keine Linie krumm auf dem Platz lag.

Keine Altherrenbemerkung, die man hätte festtreten müssen.

so lustlos

Sie wird in dieser Geschichte namenlos bleiben.

Ihr Besucher, eher Kunde als Gast, ebenso.

Sie aus Stolz, er aus Scham.

Eine Namenlose, die Namenlose willkommen heißt. Im Grunde immer eine Notwendigkeit.

Eine, deren Namen man erfragt, das ja. Eine Höflichkeit, ein Normalisieren.

Eine, deren echten Namen man nicht bekommt. Eine Abgrenzung, ein Selbstschutz.

Eine, deren falschen Namen man sich nicht merkt, das nein.

Eine Entmenschlichung, ein Einordnen.

Sie hatte das Fenster geöffnet, ihn angesprochen, wie all die anderen grauen Gestalten, die in die Schatten zwischen den grellen Straßenlaternen treten, wenn ihnen gefällt, was sie sehen.

Er erkannte den osteuropäischen Zungenschlag und trat hervor aus der Männermasse, ein Schritt zurück, fast schon aus der Gesellschaft heraus.

Sie geht voraus, die Treppen nach oben, um ihm zu zeigen, was er noch nicht kennt, ein weiterer Schritt ihrer Choreografie. Oben, im rotgetränkten Zimmer ein Taktverpassen von ihm, ein Zögern, ein Hinsetzen, ein Blick, der ins Leere geht, weg von ihr, die noch ihr Programm abspult und sich bereits unterwäschelos vor ihn stellt. Die Hände auf seine Haare legt, eine Muttergeste, dazu sanfte Worte in ihrer Sprache. Er legt sich aufs Bett, dreht sich weg von ihr und sie, angespornt durch eine unerwartete Zartheit, schmiegt sich an ihn, sagt: *Du schöner Mann.* Und er fragt: *Können wir so bleiben, bitte?*

Sie, hin- und hergerissen zwischen Erleichterung, dass er bereits bezahlt hat, für viel mehr als das, und einer leichten Kränkung.

Willst du?, fragt sie und er dreht sich zu ihr. Ein plötzlicher Kuss, lustlos, der nicht vorgesehen ist.

Hast du Frau? Kinder?, fragt sie und er schüttelt leicht den Kopf.

Ich habe Tochter, sagt sie. 14 *Jahre,* sagt sie.

Weiß sie es?, unbeholfene Worte von ihm.

Nein, sagt sie. *Willst du?*

Er zögert. Er nickt.

Sie beginnt, wie sie immer beginnt und er endet, wie alle enden.

Du magst mich heiraten, sagt sie und legt erneut die mütterlichen Hände auf seine Haare.

Er lacht, verlegen.

Sie sieht weg, steht auf und zieht sich wieder an, ein spärliches Verhüllen, das keine Fantasie beflügelt. Sie macht das Handy an, eine Comicinsel ploppt auf, ihre behellten Augen fernab des düsteren Raumes, des gehenden Besuchers. Und auch er steht im Raum, zieht sich an.

Sie greift zum Türgriff, da greift er ein, fragt: *Darf ich wiederkommen?*

Und sie lacht, kühl. Er sieht weg.

Draußen zieht er den Reißverschluss seiner Jacke nach oben.

Sie sucht keine Ehe, denkt er.

Freiheit, denkt er.

so mühsam

... humanitäre Lage in Gaza war schon vor den jüngsten Kämpfen verzweifelt. Mittlerweile ...

Er dreht das Radio leiser.

Zeitung liest er auch nicht mehr.

Nicht erst, seit er hier steht, in einer langen Reihe mit all den anderen Lastwagen, schon vorher, schon einige Zeit vorher hatte er das aufgegeben. Seit er hier steht und wartet, macht er das Radio immer wieder leiser. Er kann den Grenzposten sehen, wenn er sich aus dem Fenster seiner Fahrerkabine lehnt, er ist einer der ersten. Dieses angedeutete Monument, glatte Steinquader, ein vergittertes Fenster. Darüber Schriftzeichen, palästinensisch-arabisch, die er lesen kann, darunter RAFAH CROSSING POINT, dessen Bedeutung er mittlerweile auch kennt. Eine Annäherung an die große Schutzmacht des einen Nachbarn, der das hier alles erbaut und verschlossen hat, damit ein Ende gefunden wird. Auch in diesen Tagen soll es wieder einmal gefunden werden. Es, zu dem es viele Antworten und noch mehr Fragen gibt, je nachdem, wen man denn fragt. Irgendetwas zwischen Krieg und Frieden ist meist dabei.

Links und rechts des steinernen Gebäudes die Metalltore, dahinter die Transitzone, die er nicht passieren wird, selbst wenn hier noch etwas passieren sollte. Eine Beruhigung in all dem absurden Welttheater. Nur das, was er geladen hat, hauptsächlich Medikamente diesmal, wird hineingelassen, wenn die Kontrolle durch das Palästinenserhilfswerk keine Auffälligkeiten zeigt.

Wird sie nicht, die Israelis haben bereits kontrolliert, die suchen genauer.

Doch noch ist die Grenze zu.

Verbandsmaterial, Schmerzmittel, einfachste Produkte, die man selbst in seiner Straße in vielen Geschäften kaufen kann. Nur wenige Kilometer vor ihm entscheiden sie bereits über Leben und Tod. Eine Ungerechtigkeit, die ihn oft sprachlos macht. Doch wenn Sali die Parolen aus der Zeitung nachspricht, sieht er seinen Bruder an und sagt kühl: *Sali, die Hamas ist eine Schande für den Islam.*

Und diese Grenze vor ihm ist keine Grenze für ihn, auch keine Wunde mehr, eher eine eitrige Narbe. Hier in der Warteschlange betet er. Auf seinem LKW ein Banner mit rotem Halbmond im Namen Allahs, sein Schutzzeichen, auch in Tagen, in denen man darauf nicht mehr vertrauen möchte.

Nachts, wenn der sternenlose Himmel immer wieder hell wird, da zählt er manchmal mit. Er versucht zu verstehen, wie die Dinge stehen, als ob er Handball schauen würde. In Wahrheit ein angsteinflößendes Orakel, das doch keine Voraussage zulässt, ob er bald den Motor anlassen kann, abgeben kann, was er geladen hat und was doch bei weitem nicht ausreichen wird. Man sieht es den Farben der Raketen an, auch den Flugkurven, wer gerade über den Zaun schießt. Es ist einfacher, die drei Meter über dem Boden zu überwinden, als die 30 Meter unter dem Boden durchzugraben.

Nachts, wenn es still bleibt für wenige Minuten, richtet er sich ein zum Schlafen, eine karge Kabine hinter seinem Sitz.

Obwohl er, die einzig sichere Aussage in diesen Tagen, nicht schlafen können wird.

TS
TRANSTAR
InterCa
ATTENTION
ANGLES
MORTS

so selbstständig

Außerordentlich schwer, eine Schöne zu finden.

Die meisten sind schlecht gestaltet, die Fotos darauf in minderer Qualität.

Er nimmt trotzdem eine Postkarte, jedes Mal, wenn er eine fremde Stadt besucht.

Wenn er Grüße schicken mag an zuhause, Grüße aus einer neu entdeckten Stadt.

Außerordentlich schwer, richtige Worte zu finden.

Sätze, die er so noch nicht verwendet hat auf früheren Karten.

Begriffe, die die jeweilige Stadt widerspiegeln, die seine Stimmung wiedergeben.

Er hat sich das Deutschlandticket geholt, im Internet, ohne fremde Hilfe.

Er, dessen Radius bisher die Stadtgrenzen waren.

Der seitdem seine Mobilität erweitert, stetig, im Moment bis nach Nordrhein-Westfalen.

Er ist zu alt, um weiterhin zurückzustecken und zu jung, um schon über die Rente zu schimpfen.

Also montags bis donnerstags eine immer neue innerdeutsche Regionalexpressexpedition, die Wochenenden verbringt er zuhause, bevor er vermisst wird.

Vier Tage, vier Städte, vier Postkarten plus Briefmarken.

Wenige Euros, die er an den Unterkünften spart. Er bleibt ja nur eine Nacht.

Münster, Essen, Düsseldorf und Köln.

Letzte Woche Hamburg, Lübeck, Kiel und Flensburg.

Die Postkarten eine der ersten Amtshandlungen, der kurze Weg vom Hauptbahnhof in die Einkaufsmeile, wo die Schwierigkeit beginnt, die Suche nach Schönheit, nach Qualität. Und doch wird er meist fündig.

TABAK TRAFIK
TOTO
Annahmestelle
LOTTO

Danach ein Besuchen der jeweiligen Sehenswürdigkeiten. Er bittet Passanten, ihn davor zu fotografieren. Die Wegbeschreibungen am Wochenende davor auf Zettel geschrieben, ein kleiner Stapel, schatzartig verwahrt bis zur Nutzung.

Am fünften Tag der Woche fährt er heim, zu seinen Pflanzen, die gegossen, seinem alten Kater, der gefüttert werden sollte. Seinem Briefkasten, den niemand leert unter der Woche.

Er nimmt die Werbung heraus, die vier Postkarten, setzt sich.

Nimmt sich einen Moment und erinnert sich.

so stumm

Die Kiste aus, verdammt!, ruft er aus der Küche.

Will doch keiner hören!

... bittet die Polizei noch ein wenig um Geduld. Die kleine Anisa war letzte Woche als vermisst ..., sagt der Fernseher über der vollgestellten Theke, bevor Anja auf die Fernbedienung drückt.

Ein elektrisches Geräusch, das durch die gastlose Stube hallt. Sie stellt ihrer Tochter, die auf einem der Barhocker hin- und her wackelt, eine Fanta hin. 0,3 mit Strohalm.

Trink. Is' lecker, sagt sie ihr, ohne hinzusehen.

Lilly trinkt nichts.

Anja spült Gläser, die schon sauber waren.

Bald wird der Erwin kommen, der Dieter, der Kurt. Sie trinken, sie essen nichts.

Und Christoph steht trotzdem in der Küche. Und sie lässt er nicht rein.

Du zapfst. Gibt mehr Trinkgeld, sagt Christoph dann immer.

Also zapft Anja, sechs Abende die Woche. Weder Erwin noch Dieter noch Kurt geben Trinkgeld. Haben ja selbst nichts. Geben Lilly nette Worte, wie hübsch sie sei, wie sie nach der Mama komme, wie sie bald schon die Jungs aus dem Dorf um den Finger wickeln könne.

Wie soll denn ein Junge um meinen Finger passen?, hatte sie neulich ihre Mutter gefragt, als die ihre Tochter nach Feierabend in die obere Wohnung getragen hatte.

Sagt man halt so, hatte Anja geantwortet, da war Lilly schon eingeschlafen.

Sonst spricht Lilly kaum. Sitzt ganz rechts am Tresen, bei der Küche. Nur wenn Anja ihr die Pommes hinstellt, Ketchup, ohne Mayo, sagt sie: *Danke.* Manchmal setzt sie sich an einen der hinteren Tische beim Kikker, wenn sie ihre Puppen dabeihaben darf. Ansonsten sitzt sie am Tresen, lässt sich von Erwin durch die Haare wuscheln, bevor er sich setzt, von Dieter ankucken, bevor er zum Schluck ansetzt, von Kurt anlächeln, bevor er aufs Klo geht.

Anja räumt die Gläser ins Regal und geht vor zur Eingangstüre. Sie ist offen. Der Gastraum leer.

Als sie zurück zum Tresen kommt, steht Christoph da und raucht.

Wie oft denn noch?, sagt Anja und nimmt ihm die Zigarette weg.

Scheißkiste, sagt Christoph.

Red' nicht so, sagt Anja und sieht zu Lilly.

Alles Schwachköpfe da draußen. Sprechen kein Wort Deutsch. Haben die Kinder nich' im Griff. Er holt die Zigarettenschachtel aus der Tasche und geht zurück nach hinten in die Küche.

Zumindest hast du alles im Griff, sagt Anja leise genug.

Und zu Lilly sagt sie: *Ihr habt doch auch mal zusammen gespielt. Hab' sie in der Zeitung erkannt, mein Schatz.*

Lilly sagt nichts.

Lilly trinkt nichts.

Und Anja spült erneut.

so unbeholfen

Ein Kuss sollte schnell erinnert sein, denkt er.

Doch dieser Kuss war nicht ein, sondern *der* Kuss, sein erster.

Der, der sich der Erinnerung entzieht.

Keine Spur in seinem Gedächtnis vom Herzschlag, währenddessen, der ihm bis in den Hals sprang und dann aussetzte. Keine Spur von seinen überforderten Händen, die nichts griffen, weder die verwitterten Holzplanken der Sitzbank unter ihnen noch seine Hosentaschen oder gar ihre Hände. Keine Spur vom Tun an sich, dem damals wie heute zu intimen, das neue, routinierte Lippen an seine unbeholfenen führte, die Lippen, die trotz allem fremd blieben.

Kein Übergang in eine neue Lebensphase, nein, eher ein Stolpern, innerlich hin und her zwischen der Kindheit vor dem Kuss mit Lisa und dem Leben danach.

Nur ein schwaches Bild davon, wie sie auf der niedrigen, abgenutzten Tribüne saßen. Beide hatten sie Training gehabt in verschiedenen Mannschaften, beide Mütter etwas zu spät dran. Sie mit schmutzigen Hosen, er mit verschwitztem Haar.

Hast wohl noch nie?, hatte sie mit gespitzten Lippen und Ironie in der Stimme gefragt und er war verstummt, sein Blick antwortete. Daraufhin schritt sie zur Tat und schenkte ihm die Gegenwart, eine Nichterinnerung. In diesem Moment, in den Folgejahren.

Danach vertauschte Rollen: sie stumm, mit vielsagendem Blick, er sprach, wenn auch nur ein Wort oder nicht mal das, ein Laut, *Oha!,* gepaart mit einem Mundabwischen am linken Handrücken.

Dann kamen die Mütter, erst ihre, dann seine, und trennten das Paar, das sie ja lediglich für einen Wimpernschlag gewesen waren.

Ein Kuss sollte schnell erinnert sein, denkt er.

Ein kurzer Moment nur, der sich jedoch der Erinnerung entzieht.

Er würde Lisa gerne fragen.

Ihr schreiben: *Weißt du noch, damals, auf der Tribüne? Nach dem Training?* Vielleicht noch ein Smiley dazu.

Nachfragen.

Nach ihrer Erinnerung, ohne das *Nicht*.

Und, wenn sie antworten würde, sich mit Vergangenheit beschenken lassen, weil die Gegenwart zu weit entfernt.

Nachfragen.

Nach dem Kuss, der ihn stolpern ließ, der ihm das Leben schenkte.

Sicherheitstechnik
der
Sicherheit
zum
Kitzmann

so unbekannt

Dieser Moment, wenn ihre blanken Füße sie bereits so weit getragen haben, über den feuchten Sand, hin zur Brandung, wenn das Salzwasser ihre Zehen berührt und direkt auch die Knöchel umspült, wenn sie einen ersten Eindruck der Temperatur, der Kraft bekommt, dieses Gehen dorthin spielerisch, ja tänzelnd gar, wie zufällig hin zum eigentlichen Ziel.

Dieser Moment ein Versprechen.

Das weitere Laufen zielgerichtet, eine eingeübte Schrittfolge, ein Aufbau von Selbstsicherheit, gerade, seit sie nicht mehr das rote Shirt der Surfschule trägt, seit sie ihren eigenen Neoprenanzug trägt, seit sie alleine geht.

Die Wellen heute sind gut, etwas hoch, aber machbar für sie. Trotzdem nur wenige Menschen im Wasser, es ist noch früh. Auf den Brettern sitzend wartet man gemeinsam auf passende Wellen, lässt Abstand zu, heute geht das, während man von kleineren Wellen angehoben und abgesenkt wird, wie kleine bunte Papierschiffchen.

Sie kommt bis auf wenige Meter an eine Gruppe heran, man grüßt sich, hat sich mit Sicherheit auch schon gesehen. Oben im kleinen Städtchen mit seinen Cafés, Surfshops und Ferienwohnungen, das jetzt im Herbst so verlebt ist, dass sie die bettelnden Katzen hört, nachts, wenn sie lüftet.

Und zwischen zwei Wellen, der einen, die sie nimmt, auf der sie stehen kann für einige glückliche Sekunden und der nächsten, die sie im Weißwasser verpasst, spürt sie wie aus dem Nichts einen Schmerz in der rechten Wade, der ihr so unbekannt ist, dass sie ihn später in der Notaufnahme mit groben Messerschnitten ungenügend beschreiben wird. Sie muss geschrien haben beim Anblick der roten Wolke im Wasser neben ihrem Brett, auf dem sie nach wie vor sitzt, spätestens aber beim Anblick des dunklen Schattens, der so schnell im aufgeschäumten Wasser verschwand.

slide&splash
ATM

Shark!, der zu schrille Ruf der Männer neben ihr, der alle anderen Surfer veranlasst, hektisch Richtung Strand zu paddeln. Bis auf zwei, die zu ihr kommen, sie komplett aufs Brett legen, sie mit zum Strand ziehen und sie hindern, nach hinten zu schauen, hin zu der Stelle, die brennt und pulsiert, an der dumpfe Betäubung an ihrem Bein entlang nach oben wandert, an der das Bewusstsein aus ihrem Körper fließt.

Während im örtlichen Krankenhaus ihre Wunde, die tief ist, deren Narben sie von nun an mit sich herumtragen wird, ob im Wasser oder an Land, gereinigt und genäht wird, bekommt sie nicht mit, wie die Küstenwache direkt nach der Meldung hinausfuhr in die Bucht, wie die Polizei den Strand sperrte.

Nur ein Probebiss, ein junger, neugieriger Hai wohl, sagen ihr die Ärzte.

Einige Fischer kommen der Küstenwache zu Hilfe, fangen einen Tigerhai, noch nicht ausgewachsen, bringen ihn an den Strand und brauchen nur zwei kräftige Schläge. Einer der erfolgreichsten Raubfische der Erdgeschichte, in dessen Magen sie nach Beweisen suchen und lediglich etwas Tintenfisch und Plastik finden.

so verschwiegen

Das weiß' jetzt nur du, OK?, sagt Max. *Dichthalten!*

Er beißt in sein Brötchen, eine Gelegenheit für erste Gegenfragen.

Heute?

Heut' Nacht. Hab' den Flixbus schon, sagt Max.

Mein Jugendfreund ein dunkler Schatten im Gegenlicht.

Unsere Mütter befreundet, unsere Familien Nachbarn, seit wir Kinder waren.

Nur für 'ne Weile erstmal, sagt Max.

Seine Mimik kaum auszumachen, das grelle Licht der Imbissbude hinter seinem Kopf.

Ein Abtasten, eine Suche nach einem Ausweg für mich, und damit auch für ihn.

Heute Morgen habe ich ihn gesehen, auf dem Weg zur Arbeit bereits, an der Haltestelle.

WIR BITTEN UM IHRE MITHILFE stand über seinem Gesicht, einem Gesicht, einer groben Zeichnung davon.

Und deine Eltern? Der Rest der Jungs?, frage ich.

Kein Wort, sagt er. *Ich vertrau' dir da jetzt.*

Wir bestellen noch zwei, ich zahle. Wir trinken und suchen nach Worten, nach denen, die möglichst wahr sind, die jetzt noch Sinn machen.

Und du kannst mir nicht sagen, was? Mein wörtlich genommener Mut, bevor ich einen weiteren Schluck nehme. Meine Stimme eine Trockenheit.

Ist so 'n Projekt, da weiß ich selbst noch nich' viel drüber.

Worte, die nur einem hier genügen.

Heute Morgen konnte ich noch schmunzeln, habe ihm ein Handyfoto vom Plakat geschickt.

Bewaffneter Raubüberfall? Schwere Körperverletzung? Alter!, als Fragen, dazu ein lachendes Emoji.

Und seine Reaktion: *Lass heut' Abend treffen.* 21 *Uhr an der Bude. Sag den anderen nichts.*

Ein Projekt? Und dein Job?

Is' ja vom Job aus, er sieht mich kurz an und schiebt ein *Ehrlich!* hinterher.

Und wenn wer fragt?

Unsere Lebensziele synchron, unsere Wohnungen fußläufig, seit wir arbeiten.

Wer soll denn fragen?, fragt Max und wir trinken und überlegen.

Is' ja nur kurz, sagt er.

Max, sage ich und breche ab.

Eine Beziehung als Wortsteinbruch.

Wo setzt man an, was setzt man damit in Gang, wann setzt man wieder ab?

Max, das Plakat heute Morgen, keine Frage, eine Aussage, dann doch.

Meine Stimme eine Blutlosigkeit.

Findest du echt, der sieht mir ähnlich?, sagt er, lacht und sieht sich um.

Und, etwas leiser: *Laber doch keinen Scheiß, Mann.*

Wie lange kennen wir uns jetzt?, frage ich.

Und Max bleibt stumm.

Ein stummer, dunkler Schatten im Gegenlicht.

so wankend

Ein Ort des Aufbruchs, ja.

Ein Ort des Ankommens, das auch.

Manchmal beides zugleich.

Er lässt die nochfremde Haustür hinter sich ins Schloss fallen, tritt hinaus in die Morgensonne.

Er, nun wieder allein, seit Kurzem, seit ihrer Begegnung vor einigen Tagen, setzt sich an die Bushaltestelle vor ihrem Haus. Er braucht Platz, oder, genauer, seine Brust braucht ihn, den Platz. Seine Gedanken brauchen den ebenso, wie sie taumeln zwischen dem ersten Erkennen, als sie sich beim Konzert umdrehte, nach einer Freundin Ausschau hielt und er seinen Blick von der Bühne nahm, hin zu ihren Augen. Wie sie ihn ansah und lächeln musste. Wie er an die überfüllte Bar ging und ihr ein Bier mitbrachte. Wie sie ihm mit der Hand zu verstehen gab, dass sie ihn gerne besser verstehen würde, da hatte er noch gar kein Wort herausbekommen. Und später, außen vor der Halle, der Gedanke, dass sie noch viel spannender war als angenommen, da waren sie bereits beim zweiten Bier und die Musik innen Nebensache. Wie sich der Aufkleber der Band angefühlt hatte, den sie vom Merch-Stand gemopst und mit ihrer Nummer aufgewertet hatte. Zwölf Ziffern auf der Rückseite, falls er auch den Aufkleber noch verwenden wollte. Wie er ihre Nummer eingespeichert hatte am nächsten Morgen, *Hier ist der Stumme...* geschrieben hatte. Wie sie direkt geantwortet hatte mit einem übermüdeten Smiley.

Ein Gedankenschwanken, das einem Angst machen konnte. Die hatte er nicht, nein, eher eine Brust, eine grundgesicherte, die sich kaum senkt, kaum hebt, seit gestern Nacht.

Wie er an der Adresse ankam, die sie ihm nach dem konzertlosen Treffen geschickt hatte. Im Mietshaus unten ein aufgegebener Laden. Und er zuerst unschlüssig davor. Zwei, die eine neubelebte Basis nötig haben. Wie sie ihm ihre Tür geöffnet hatte, noch kusslos, mit ungeschminkt strahlenden Augen. Wie er ihr beim Kochen zuarbeiten

P
L
Z
E
Pelz
RO

durfte, sich die Zwiebeltränen einfing. Wie sie mit fortschreitender Zeit langsam wortkarg wurden, die Frage der Übernachtung unausgesprochen zwischen und neben ihnen. Wie sie auf die Uhr sahen und sich der Grenzüberschreitung näherten. Und er, ehrlich wie lange nicht mehr, zu ihr, zu sich selbst, nahm ihr das halbvolle Weinglas ab, nahm ihre Hand und sagte, dass er Keine für eine Nacht möchte, dass er Eine brauche, die ihn festhalte, bis er einschliefe.

Wie sie ihn ansah und lächeln musste.

So sitzt er nun hier, an der Bushaltestelle vor ihrem Haus. Der Festgehaltene, an der wankenden Haltestelle, der Platz braucht. Um den Aufbruch einzuordnen, um das Ankommen einzuordnen.

Ein Siebenschläfer bist du, sagte sie zwischen zwei zähneungeputzten Küssen, als wären sie schon lange ein Paar. Und er machte seinem neuen Namen alle Ehre, schlief direkt wieder ein. Nach dem Aufwachen dann ihre leere Bettseite, kein filmreifer Schmierzettel mit handgeschriebenen Worten auf ihrem Kissen, auf dem Küchentisch, keine Einladung zur Nutzung der menschenlosen Fremdwohnung.

Und als er ins hallende Treppenhaus trat, sein Gedanke, welch ein Glückspilz er doch wäre, würde sie ihn trotzdem öfter noch so nennen, öfter noch so festhalten, in Zukunft.

Danksagung

Robert dankt Benno für seinen Blick durch zahllose alte Objektive, der Stimmungen einfängt, die mich herausfordern. Caro für ihr gutes Auge und ihre ehrlichen Rückmeldungen. Immanuel für seinen *Schilfkönig*, ohne den ich heute noch ausschließlich Gedichte schreiben würde. Und dem Verleger Christian Fritsche für das Vertrauen in unsere Euphorie.

Robert Wolfgang Segel (rechts im Bild), geboren 1984 in Fürth, hat Theologie, Biologie, Anglistik und Deutsch als Zweitsprache studiert. Er arbeitet als Realschullehrer in Nürnberg.

Er schreibt Kurzgeschichten und Romane, seit er weiß, dass auch zwischen den Zeilen etwas stehen sollte.

Aktuell arbeitet er zusammen mit der Künstlerin tucán y limón an einem Bilderbuch zu verschiedenen Walarten, entwickelt mit dem Illusionskünstler Oles Koval eine literarische Zaubershow und schreibt alleine an seinem zweiten Roman „Und die Quallen im Meer?".

2005 Gründung des Autorenduos „Die Schaffenskrise" mit dem Autoren Immanuel Rouven Reinschlüssel.
Seit 2016 veranstaltet er die Lesebühne „Rooftop Stories" in Fürth.
Seit 2022 veranstaltet er zudem die Lesebühne „Lozzi liest" in München.

Veröffentlichungen

2023 Debütroman „Ein Schaben" (Schillo Verlag, München)
2022 Erzähl- und Fotoband „So nah - Sehnsucht in 26 Miniaturen".
Mit Fotografien von Benno Wagner" (Tredition, Hamburg)
2021 Ein Beitrag im Erzählband „Potzblitz" (ubooks Verlag, Augsburg)

Auszeichnungen

2024 Bayerischer Kunstförderpreis für Literatur
2024 Künstlerresidenz im Goethe-Institut Thessaloniki
2016 Stipendiat der Bayerischen Akademie des Schreibens

Pressestimmen

„Segel hat einen Weg gefunden, das zu erzählen, was es eigentlich nicht gibt, in dem er von den Personen erzählt, die am Rande des Strudels stehen." (Süddeutsche Zeitung 2023)
„Feinfühlige Text-Miniaturen" (Nürnberger Nachrichten 2022)
„Präzise Analysen menschlicher Schicksale" (Fürther Nachrichten 2018)

Benno Wagner (links im Bild) lebt in Erlangen und arbeitet als Digital Editor. Er hat Theater- und Medienwissenschaften, Germanistik und Publizistik studiert. In seiner fotografischen Tätigkeit setzt er auf analoge Verfahren. In einer Welt der unmittelbaren Bildproduktion und permanenten Aufzeichnung sammelt er alltägliche Spuren menschlichen Wirkens und verleiht ihnen mithilfe des analogen Prozesses Intensität. Organisation von Fotowalks und Ausstellungen u.a. in München, Erlangen, Bamberg und Nürnberg.

Pressestimme

„Fotos von erlesener, urbaner Tristesse“ (Fürther Nachrichten 2022)

Bilderverzeichnis

Impressum

© edition promenade, 2024
Hornschuchpromenade 17
90762 Fürth

Layout und Satz: Armin Stingl
Lektorat: Dr. Caroline Hack
Gedruckt in der EU
ISBN 978-3-944897-31-8